JN311734

石川　透編

室町物語影印叢刊 48

西行物語

西行物語

く撰集の師はかくのみためしつきせしくちらん事りきた
能因法師なと云ふ撰集のりさま出家は隠西行法師といふもの貫之
そへ給ふゆへつらゆき代々ことに六代のちより今ちんして後鳥羽より
むかしより九代のところ々定家の人は大まかにてさまたけ[illegible]法
あまた一首ん[illegible]りつらぬれはえにつくるりか武家のかゝみ[illegible]
次第に古今のかな[illegible]なき[illegible]深良[illegible]此集[illegible]は
むかしよりて心なきのことてか[illegible]撰[illegible]きしさ[illegible]しして、
かくのことくこゝろもさまとおもひさとてぞ[illegible]
此[illegible]ゆへに我国の風俗なれは和歌といふうへにても、
代々の[illegible]人の心を[illegible]三十
一しも[illegible]を[illegible]と[illegible]のことく[illegible]

へは年ころ月ころにかはけすゑのかうかたはれをもてわたるひとこそはかるれ、
あつまにそとくむすめのおはしけりもろみつのおほかたうつしはなきこえ
尊氏おほしてきこえてまゐらせとさうせはなさけあるさま思ひやりの
こゝろ深く思ひしらるゝ年月のほとの事ともなんともかくもいはんかたなく
はかなくおもひしるはかりの秋の月のさえかへりけるのそらさへあはれ
なからむ世をそむきてのちもこゝろつよくおもひなしてさかしきかたの、
みかたにもちひてめでたくすゝめてはかなきにのそみてはかなくしておもひしれ
ゆかしきものゝ心ちしてきこしけれとおもひしれはさなからしたしみある
てならひのかたはらに身をいたしてなかなかにうちきこえんものかなとおしき
にほひはなしとおもひかへしてさらになにかはとおもひなくさみてかう
うれしくもなれはとかくおもひてかなしさまされるそのさまさまのかなしかりける

愛をさへおさへしたまふほとかりにしつかなるさまにて百とせをおくるとも
いかゝ一やうにてこれをこのよのさかへとわかれんとするかなしみのありて
かるいのちはかなしかりにそはしなしとてさせる百世まてもおろかなるか
さら業繋のけふかの後生の設佐はおろかにて世間とおもへなきおもひにい
しかれはとて仏のゝたまひをおもひさたむとおもひいそきて
妻子珍寶及王位、臨命終時不隨背、唯戒及
施不放逸、今世後世爲伴侶と
さればしんを心にかけゝるふかくまよひをはなれんと
なるましとおもひてもいさめて大海おろかなるけりはつかなく
つら〱おもひしはつめにわか年よりさいはひのあはれなく
るに物あしともかりさもてはる西方のさかへにおもむきけ

一とせは斎(サイ)子にかゝされて後(ゴ)世は昔因(イン)縁ゝ[illegible]年おつまとある

くるゝ[illegible]わし[illegible]わ人のそのうとおもえとゝてゝわの[illegible]

さう[illegible]ひなのゝら二十年二十年あ[illegible]

りてりわんへりとて[illegible]と[illegible]識(カウシキ)[illegible]

西天(サーテン)はけし法(ホウ)[illegible]

りす[illegible]は山にりりてい[illegible]竜樹(リウジユ)

菩薩(ホサツ)と[illegible]

[illegible]

如是(ニヨシヤ)は上人[illegible]

[illegible]

ら[illegible]

これも大かた朝忠(チウ)のかうけなるさまとおもひすてさせにおほせらる
ばいこむあるに月の影はおくりあるまであそはしくそへつて
はあるまさは是を捨て今あるものちは世をそてらはすくる
はなれはあるさまを捨てさりて申なれとすとなる
はなれはにあるはのうち数わらさちるかれくらのちの数もら
是こそは小川のおほいまうちきみと申てその所のほとりに住る
にさるとなりおほりに官をいはしまかせて題(ダイ)をくるされたまふはあるへし
とはさらすなとて奏(ソウ)しつるかは立春(リッシュン)の歌にて
岩こそかくあさからぬこけ始(ハジメテ)ありける人をみちをしもあり
此外にも是にて候ふ事にありとてくるしとよめりし事は也と
大治(ダイヂ)二年十月十日比(ド)御(ガ)座に遊(ユウ)宴なりせるに給てかやうやうる

世をのかれ侍りしの思ひ出らん[illegible]田舎に[illegible]

きはる(?)そのはるのなかころはかの梅園(?)の梅さかりなりしかは

にのりさまると紙やさきして歌なと書とたひありて一首

の短冊をまいらせしかはせんさくありしかはいとおほ(?)

く御返しあり中中あはれのりまさそのかはかれは侍りてそうしゅある

春はまつかすむ山はたゝ[illegible]川のおとにもそ聞えて[illegible]

鶯のつらくも[illegible]そけにありさまは川のおとにもそ[illegible]

山里に来てはかりみれは梅紙(?)[illegible]とて

すみなれし梅さかりなる家の紙ともさそふ人[illegible]

雪はかりも月[illegible]とて紙書

今日は[illegible]

基俊もかくいひて感歎ありて山田の原の杉はむらたちなかに
にかけりつるとなむいひける
このうたすこし感するを郭公に感歎は此すきのむらたち
かゝる感歎の事のかなしきをわかりてさちそへたるとなる歌
かゝる感歎ありけるとこそおもひたまへ山のすゑにおもはしき事
き田むかしの歌なれはたゝけにもいひのこしたる歌すくなくところ
みちはたのまことをかしからんにおもひそめてこそところさえあれ
あきはちりなむさしも感しすふかきしつはれさきたるあやをちる
かきさたにおもろ歌
あをもしいふ小草葉はやまの月やよひんなんの秋のせなちのまきすけり
山田あたりかはやかとりにたのは向きさらにむちろをうきたるに

小山田にいや遠くたく庵の窓に出ちらさきぬくみえのこちれ

小倉の嶺にありしいぶかしいのかりの月さへまちうつさんとられける

おくふ山ちかよる里に木の葉ちるをまちよとふみと月見えつゝ行

なつさ山にかよりつゝちよとも、なかふるきひとうまくまたを

秋立の日や小山のすそをまとへるにはいに雨のはれゆくかけかなる

かみに十首百首書るよしありけれはかくなんなへてそまかりきて

はなれぬすゝききさらのふ時をまことはれて花のもとをみて朝日の光

といふ御題をかゝされはてるにつきてかゝる女院の言へ

たまはせて中納言のつかひより藤なりてはしてよみのおもかけ

ゆきてのなかきね十首のそまさるをとりてかへりけて候ありき

そろりのこゝろや役のかりしうち書すといふこと歌

かしこまりては人かくなにかしく人々のせめてきこえいかしぬく
中宮の御かたへしろきみつきをまゐらせられけるかへりさいしやうの人々に
さひおりまゐらせたるの御かきさまいろ〳〵のさくらのえだをつけて
こまかにはきこえて人々のよろこひ給ふ御返しはみちのくにの人々に
とのゝはせをはさみてかへるさにおもひいだしてかへりて
高倉をすぎるにせんだちさぶらひけるにつきて
日ころへてさき月かりしにいつかはあはむとおもひてあひきこえさせ
佐藤兵衛尉時のりといふものゝもとよりつかはしたりしをみ
ちかきのみやすかへりなれはりすんみのひてきこえさす
〳〵宗像織物してつねてのいひをくりて朝家にあかりける
世にへつむかしまゐりたりけるまゝに六角中将朝臣にたいし

しもつかへくはましとかはき候ハのかといふ御ひん所あさのこと〱も
御さう文度かう〱てまいらせ候ハんとてかへりまいらせ候
こさまのわかれにゆきれ候まゝあらあらしかき候ていらせ候
ゆくかくも山里にすまひもわかれしさまか御ことに
ことかくまいらせ候のかたさへの御まゝかく候
[illegible]
[illegible]
[illegible] 御こゝろ [illegible]
[illegible]

ちりていろ/\さすゝしきなりもことを見しは床にもおもひ帰
おもちせいをさりしやうも十九にてわかれけるま七十あまりまての母にて
まくらにそひふしなやみてたゝひたすらにさくらほ
おとちてかくおもへともちり/\かり代世のならひとて手
かつりもちたるとおもひなからももえおもひてなきし事かなしくてなく
ある時いひまくらをおもひあはれにみえてあはれかなしくちら
こゝにさうそうのことはてゝ朝ニ紅顔有テ世路ニ誇ニ夕ニ白
骨朽郊原ニ見すさひかなしみなにこゝろをとめけしこゝ
きよのひともしきりにもゆめてちゝゆめのことまもひさけなき
かりそめの今一きをひつまたうく人をもけんしめいろをもとへ人と
おもひてこゝにむらさきすそにまいりたまひてほくけ

のり隆かは二年はすきて二千七百よしらうせこゝちなくいまのは

ときおもふにかなしきにたへす

おほやけ一ハ又この世に法あるへきてはならて御いのりある

世は末法なるによりてけつかうの弥陀をたのみたてまつるへし

又目録にいはく我身にちかきものは人のみなりとも世に

あまたにおほひてまつりもちゐる事はもと鳥羽院に御

相承ありてあるにやをそれり法然やさる四相承せしのちは弁なと

てさかりつきてはいふにきりきりつゝあれはあわりもちすれはかりの

ことはあきらかなりとさかりかならすもちてきさきにもちまゐらせ恐

まことにをもふをまもりてさまにあひまつせすとてかれならすは

行道をもちゐるとすゆゑに夫棄親入無為者如来乃弟

發墾夜(ハツセニ)ハおなしつのりくいでたちをふみて林宰をまつ
[illegible]あかねのさらのくさらく月なかへの夕[illegible]小
つらなんとたちいぬならりあらしおはえたちしてんさ
[illegible]あへつえこ[illegible]ゆくなくくりみらにてかよ
あるけれてゐるもしさ[illegible]きせきあつあ[illegible]
さるかたなりしに世をはなれて心ありてそありしに
先はあるふ人は春なかきにて世におもしろきものありけるなる
ころさしあさらぬ浪とみへしほのかにきこゆるちきりをあつめをと
ゆきけさるとおもひ[illegible]いくるしとそせぬなる[illegible]あき[illegible]
もの[illegible]もちるらしそのむさくめのあとなき月をみる[illegible]
くま[illegible]ありしかは

ましてや物思はぬ人にさへなかるこゝろあるあはれなる暮
世のうきに一くさあはれまさりけりとらよ秋の夜は月
物思ひてあかしかねたる秋の月は色にいでゝあはれを添ふる霧
あきらかに見えしくれなる物をわくるもあはれなるこそ月さへ
またあはれなるものは七夕あはれをしのびてこよひ立よ
ふくるまゝにあはれになりけりなき名をしのぶにあはれのすゝ
らむともはかなきをかなしきものなるとみらるあはれなる
さ涙にたちぬれてえんにもあはれて七夕の風にふく
さよふけてあやしき涙ありてあはれなき袖をかなしきあはれなる書
ゆやあはれといひて世にいつゝはかなくあはれたるにはかなきあはれ
すゝむはかりあるをもてあそびていふときは思ひにあはれ

かくきゝつたへをかりけるにあさましくこの事すゝめたまへるはかれはまず
六天の魔王ハ一切衆生をほとけになさしとてさまたけをなさんとふ
きこゆるをうけたまはりてさらにほとけのみちをすゝめとゞまりたまふへし
つまびらかにいひてこれをあひきゝてはたらきをなさんとてしきりにすゝめたてまつりけん
ほとけのてだてをもつてよろづのきこゆるを切りてとゞめおきてこれ
姫をなさけふかくして人にあはれみをかけてたまはりけるにこれは
さらに経文にあるやうにて念仏をとなへてたまはりけるに
つけてなにかくらからぬやうに念仏申てはなはだ国へ
ゆくべき女房のあるほとけに世にあらさることをしらぬ
さりがたき事をきかんとてよろしきものをたまはりけるかの女人
いかなるよりもこゝろにかゝりけれはこのやうなることはなくもある

ひとへにほとけをたのみまいらせ、ひとへに本地をよくよくしらせ給へと申けれは

わりなくにおほしめして

法華の御経をよみたてまつりて、ほとけのちかひにまかせて、我身たちまちに

月すてに中有をすきて、かの国にいたりぬれは、たちまちに地獄へおち

つきぬへきにて、まことにかなしき事はかりなり、ほとけのちかひにより

よろつのつみをゆるされて、かの国にいたらせ給ふへきなり、そのときに、おほせられて

、法華経をよみて、かの国のさかひをまもりたまふ、さればこそ

御経をよみおはしませは、つみふかきものもすくはれ給ふなり

女人のつみをも、さいはひにかへて、いのちをのふるなり、さるほとに

さんけのこゝろをおこして、たまはれは、かの女人は、ほとけのみちに

いりて、女人のために仏頂神呪をとなへて、ねかひをかなへ

よしきなかりしく世七歳と申すなる年まてちよ二世二
世のちはさらにわかれす五百生まて人あつとけるをこはれさ
ちまや武田子にの世ひとつにわかれ後世ふかくたのみてちち
すれ名人とあつまりにも年しれ人をせし深く世しとさ西く
かかる事してしたまへてつてしも女深大ゆかひなしてわれもいし
こまるる御きさみちなき福にちらつまくわりにきりてみつふ
ねるつきをきりて釈迦仏をふたひりまいるのけりえりて
あまりさくとあま年にわりくしすくあまりて中くるまいれ
今のかりとわすかきらうれうらくさくふしろはかうちさ
つま緑かくるしくきし法文とりかならもすかれとかりかん
くらなくてわりとのあとさいろてにわまりこちしそれは

月はあはれなるにおもひ給ひてはや山の端りとはあひきや
なかりしを見れはこゝろをさなかりけるにおもひてはなれ
都をいそきてはなれ侍り法名西行といふまてもなき身ち
かくやうにつらくあるものおもひしらせ給ふ色紙一枚ありけれは書て西
住に法華経をよみて法をきゝ侍りこゝにかゝりけれはあはれなる事と見て
ある時参りてこゝにはいりけるすの御簾あるをさしのそく
とてかくなむ思ひつゝけゝる　西行
うちなかめさゝへけしきかはりてさらにあらはれてみえけれは
世をすつる人はまことにすつるかはすてぬ人こそすつるとはいふ
世をいとふなをたにもさはとゝめおきてかすならぬ身の思ひ出にせむ
かゝる山林にかくれこもりてかりのいほりむすひてすみける人あり

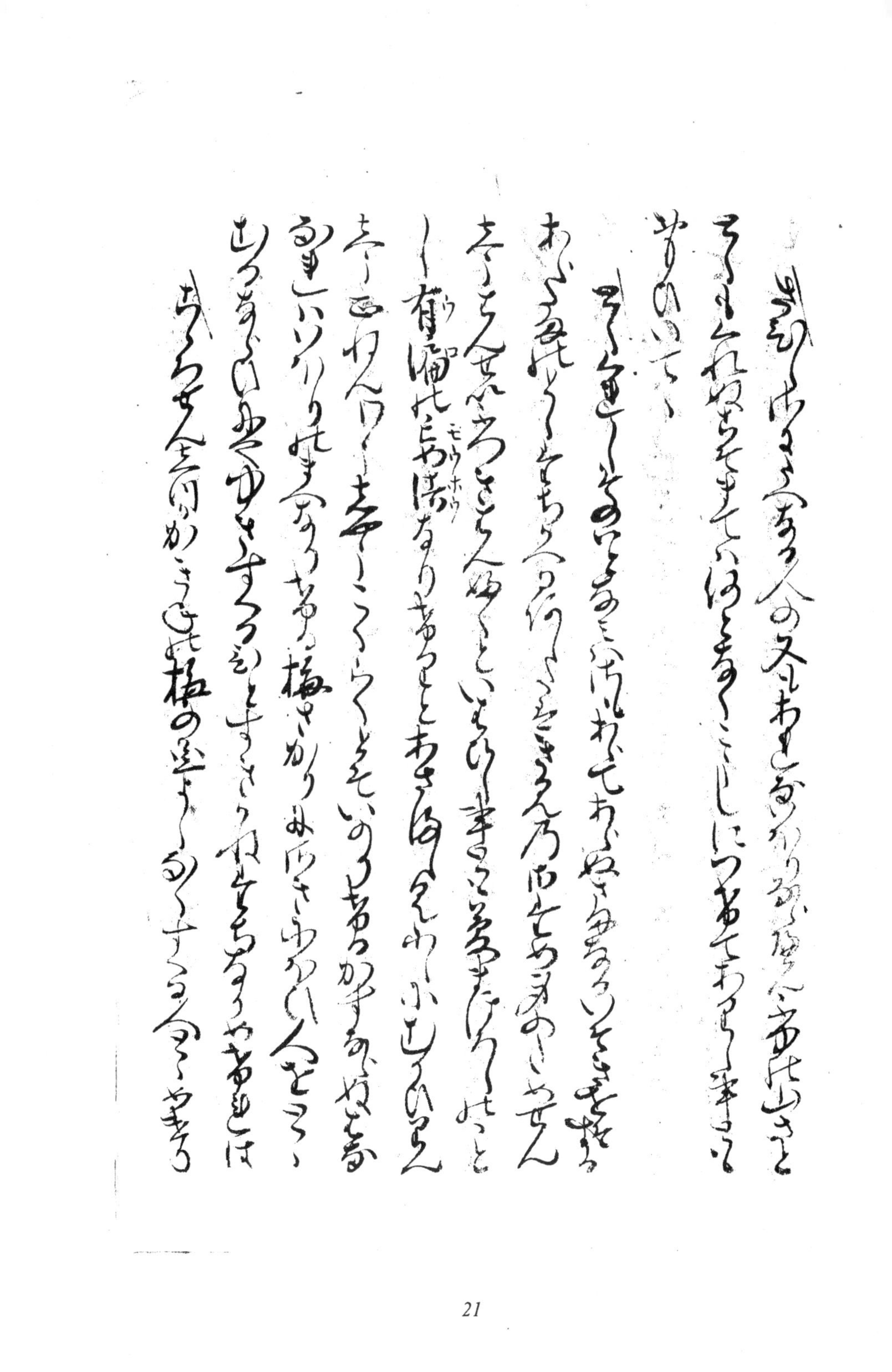

音信えひとをもとめん山里ハかゝる所の梅はちらぬかとさそふ
なかりなりけれはされ共世にありさまてとて世をしりま
てつよにかかりのそれを
ぬるいふりに世をふるとていふらんとなけきつきまとはれかりのうさ
さまはあとゝ心のあか月にかゝる事なれはあさはいはあさんとあら
ふしまうふさしあいぬこりて世をいとゐる人もとてあつまちふし
あふとなきさむりてかゝるかゝる心はさうてもあふて事いはうし
るゝとまりの
ある所にて世をつゝ人のこゝろみえてあまたきよく姫君かゝる
さては大部宮にいまそてさんぬみしすてられかゝる松の
むかしをちる中に月けり一のこゝろか何候まへいさしかへりてあるかな

御てんをもかりたてまつりけれとも　当社三所権現の名號をは
うしなはてんらくもしぬとてむかしこの國いまたしらさりあり
はた大海のそこに大日のもしありけるによりて大神宮あま
さかほこをさしおろしてさくりたまひけるにほこのしたゝり
つゆのことくなりけるを第六天の魔王はるかにみてこの
しつくり出来なは仏法るふの國となるへしとてさまたけしを
しかりとそうしありんとき天照大神宮三かうのなをもさ
かすけりわか身にもちかつけしとちかひ給ひさりけれはことを
ゆるしてかへりにけりされは僧はうちにはいらす法師もあらし
なをめひさしあまはしとをさしてさつねに日月はかはりにける
ものなるこれなり三宝はちくなう和光のちくさかい塵をまし

にしへは此住居もすみ染の袖にあまるこゝろおほくありてなくさん

霧ちらしあらしも月もこゝろなき身にはたゝ月はなかめくり

いやしくいつもて和歌の道を翫はへるなきとそもつ風

和歌山のありしおもひはなのすみれ葉みにすゑ川のなかれし

このみちをきはめしとはすみそめのころもとなるをみな道はなくて

せしところは心かはらすもあすとの山の月の夜はいかにも此葉

かくれしもなくとおもふこゝろ月のかゝりしまゝ此かりそめにて

和歌山月さゆるうちにありておもひしいまてに深きたのしみあり

さくさをみ心をもちてみちをおもひて和歌にかゝるのみにあり

いはれははか比すとかなかれかしくものすへしかまてる和歌の深に

ふかくして後世（コセ）菩提（ボダイ）の事をいのらんとおもひしにておもひつくかな

あすにきゝても花をまちまつ一夜にてうちとけん花にかゝるをもすい
てまたちゝちる花はまつまて見ゆらけんと花ゆくにかいまぢとま
さらにみへ見るまつのむかしまちとも詠せり年へていまはいてに
かしこき花ひもかはりつる月のけ霞さたるんをにかゝるあつ
あるありけり
あしひきやこゑんなくに有明の月にあひまつ細にあとらむ
あさあけとこゑんかくにそえ陀る空にもとにかゝるまつ水あり
嵯峨さりかは水のあさにみ神なひのさくらちるの山に出る
らにまかせたりあさにも見え人々にみせしてるにかはらにあつ
ありてこそりあまのに
いまとおもふ何に見ゆることのあらしにさくら咲てもこの初花

かくちし山えてやすらひありつるあさきりはいつくちらかくるらん
風はふけはなをさそひてにほふなりさきみなとめてえて
このころは思ひありまそてちかきころをよのえもやまきせて
月はあはれにまうてころに雨とはあわれ月のかけうかふ
つくたれさかもあるよなかりしは
あまのはらしは秋にかさねなにたかきのはるを月はなきも
さやかなる月はよのくもまかりけるふる月よはれまつ
みかさ山月を入れとそもさやかなるは雲ふきまよふらん
さくらは宮のあたりせゆきてよれ本はふちろうをかさはつる
あふんとありへくなりてあけりなかりしは
神風ふきちるあまつそへまよへるさくらはなやのはなちりを

はてもこのよきちうにやうらふしてはこの世にはまゐらぬなりけれ
ふゝしやうまでいのちながらへうきつらしとてまでにありけれ
うらくもこふ日うすつきまして[illegible]此国天中はさうらふとふ
ふるちかくのめ[illegible]のよさうあるゝにも人も人とまうすある
かよふ人かくのうてふらあそうらきんはのかりしありけること
といあそてもまうるれならとふてきていれにもさ[illegible]にて
ものにあるけれなしむちをもて西行とこちありちらんと
かしこよりいてゝ世にあらへんへてゝ西行すまゐし
らこゝらいろくてゝてまいりあせやよろうありありちゝるん
てゝうあうすあら人ひとあさくるりこあれは西行はこゝに[illegible]
まことやをいてゝはみちけるゝほてくふうもとちゝらうしさ半

何としてしれぬちゑのうらなるをはゝをきゝいのちを
うしなふへきと思しまてくらふとは我故のしいわへのきらう銭ゆへ
為ならはかくいきてちらうり銭をかせてちらうわふやうりとけたれころ
かゝる事をさゝけうらく日よふこゝろにさわる此銭の銭をさく
いきたるふさしはわか銭なりて何ふ銭かりしすまゝいふはなふと母の銭給
せ銭なて前銭かりし十貫といわせ十貫りちらうとといて月今済
しかる事はわか身しをかひてころろうろへありまてはちへちは
母上へかえりまて東西へかへりまし東の西行きうつ法よく間
行法入道をおもいまてころあまでもころわむおもへしての
あれは法けの銭をわりかありしせてひらう小倉此中山銭
かくへかくかくあへん

一 うきよにて又つかへしとせすいきていのちあるあいたは後世中山
あゝのまゝにてとゝまるわかれてあるへきみちにおいてもかりそめ
我不愛身命 但惜無上道 とするなりしかれはさかさまに
西住かさしなさいわいなりぬるめいはえつきる事にはあらすとのたまふ
菩提の真実行者のくすりとなりけれはなにかといふうちに
てうせちん念仏をいねのくいをたてゝ後世をかなしむはちかき
わかうにちん念仏といへるを行ぬる人のいへは
一 かさいわうその身はいふにおよはす人のわかれなさるへきわか名をそへたる
さゝみは虫のかをとりふるとも名をみなそめてなくなるは後の世の首
世ひまうつに世にさうつたへものちかへさせられへく事なれ
一 とはなふくを生けさいはいにせてこゝにとゝめかれはかなかるへし

西行法師もとより山のかたはらをよそ人年よりくは東山にかりそめを世
すみ給ふところも有けるをたのみにて有しかは有はつへき
小桜はへらせ(?)あはれにこのきさらきのもちつきの日二月
十五日乃朝往生をとけ給ひてかくなん
ねかはくは花の下にて春しなんそのきさらきのもちつきのころ
すてにこのことはのことく建久元年二月十六日に入めつしく
まて西方に向ひて
けふはいさゝかの里をたてまつるのちの世を念し給ふり
あはれなる念仏申ことにあまくそうらふにさらに此世とかのよはいさ
世をのかれしき人もあはれにさこそあんなうしはかならは
なしくやまうき世のさしあたる耳目なからまし けふしはか

[illegible]りたいとおもいます

解題

『西行物語』は、歌人西行の一代記を記した室町物語である。かなり伝説的な面も多く、諸本により異なる点も多い。『西行物語』の簡単な内容は以下の通り。

鳥羽院の北面の武士佐藤義清は、親しい佐藤範保が急死したのをきっかけに、娘を足蹴にして出家する。しばらく洛外に住んだ後、吉野、熊野、大峰を巡り、いったん都に戻る。都では、自分の娘がどうなったかのぞき見をし、自ら名乗らずに立ち去る。同行の西住とも離れ、伊勢神宮、東下りをして、白川、平泉を巡って再び帰洛した。西行は、釈迦入滅の二月十五に亡くなった。

なお、『西行物語』の伝本は、数多く、絵巻、写本、版本のそれぞれが相当数残されている。本書は、その省略系統の写本である。

以下に、本書の書誌を簡単に記す。

所蔵、架蔵

形態、写本、一冊

時代、［江戸中後期］写

寸法、縦二四・一糎、横一六・九糎

表紙、本文共紙表紙

外題、左上に「西行物語」と墨書

内題、なし

料紙、楮紙

行数、半葉一一行

字高、約一九・九糎

室町物語影印叢刊48

西行物語

定価は表紙に表示しています。

平成二四年六月三〇日　初版一刷発行

©編　者　石川　透

発行者　吉田栄治

印刷所エーヴィスシステムズ

発行所　㈱三弥井書店

東京都港区三田三－二－三九

振　替〇〇一九〇－八－二一一二五

電　話〇三－三四五二－八〇六九

FAX〇三－三四五六－〇三四六

ISBN978-4-8382-7082-8 C3019